AF336809

LETTRE

A M......

SUR LA FORCE

DU NATUREL,

COMEDIE

De M. NERICAULT DESTOUCHES.

M. DCC. L.

LETTRE

A M....

SUR LA FORCE

DU NATUREL,

COMÉDIE

De M. NERICAULT DESTOUCHES.

MON CHER AMI,

Quinze ans donnés au culte le plus pur, à l'entretien du feu sacré, enfin à l'amitié, accordent donc bien des droits, imposent donc bien des devoirs ? Tu m'ordonnes, tu dis, *Je veux*, & moi je t'obéis aveuglément ! Au moins connois le prix du sacrifice que tu éxiges : sçais-tu que je joue gros jeu en cherchant à te satisfaire ?... Je m'expose aux traits de ces complaisans apologistes *de la Force du Naturel*, qui font leur cour à M. Nericault, par l'entremise des nouvelles publiques & étrangeres ; mais n'importe , je compte fur tes fecours : par-là je ne crains point de marcher à tâtons. Quand tu réunis tout ce qu'il faut pour être mon Horace & mon ami , voudrois-tu ne pas mériter de ma part ce beau diftique de Perfe :

Omne vafer vitium , ridenti flaccus amico
Tangit , & admiffus circùm præcordia ludit ?

Commençons par t'avertir d'être en garde contre un gros de Commentateurs qui veulent que l'Auteur, en adoptant le fyftême de fa pièce, ait eu pour but de faire rire aux dépens de la nobleffe , enfuite à ceux de la roture , de jouer l'une par l'autre , & de s'amufer de toutes deux : ils prétendent que le dénouement de la Pièce fi avantageux en apparence à l'honneur des femmes de conditions , redouble l'outrage que leur fait le commencement , où la fauffe Julie s'abandonne à un Intendant. La raifon qu'ils en donnent , c'eft que le dénouement étant pofé fur un principe faux , la réparation qu'il contient ne peut-être qu'imaginaire. De pareilles idées fuppofent dans M. Deftouches une intention déterminée de heurter de front la Nobleffe , encore plus que la Roture ; mais interroge les gens raifonnables , ils riront de cette opinion , & la démentiront hautement.

[5]

J'aime à les croire ; tu dois en faire autant.

Juge impartial, je vais éplucher la *Force du Naturel*. Tu verras mon respect pour tout ce qui part de la plume sçavante qui vient d'enrichir la scène. Un vif intérêt me lie à M. Nericault : je tremble, je frissonne avec lui sur le sort d'une Piéce qui chancéle. Semblable à cette Mouche de la fable, qui par son bourdonnement autour d'un Coche lourd & tardif, croit animer le guide & les chevaux, & faire seule tout l'ouvrage avec son air empressé, je gronde tout bas M. Destouches ; j'ose lui dire : Que ne vous mettez-vous à la mode ? Est-il si mauvais de sçavoir faire une Piéce en deux façons ? Hé soyez du nombre de ces Auteurs benins & dociles, qui accoutumés à venir au Théâtre exposer leur thème & le corriger sous la dictée du Parterre, nous donnent une Pièce de la six ou septiéme édition. Ne faut-il pas garder une poire pour la soif ? De plus, être en état de refondre s'il le faut, une Pièce en une nuit ? Je sçai bien qu'accoutumé à la donner complette dès la premiere représentation, vous ne vous familiarisez-pas avec ces corrections dont d'autres tirent tout le mérite qui se trouve à la fin dans leurs ouvrages. Vous m'allez dire même, *hé fi donc, ce n'est pas là le commerce des Muses, c'est celui des manœuvres, c'est de celebre Architecte devenir petit Maître*

Maçon : l'un pour bornes, ne connoissant que celles du génie, crée les édifices les plus vastes, les compose seul, en perfectionne l'ensemble d'après lui-même ; l'autre servilement borné à la toise, ne connoît que l'usage de la truelle, à l'aide de laquelle il replâtre les défectuosités qu'on lui fait appercevoir dans les plans qu'il s'est ingeré de faire. . . . . .
Pourtant vous voici dans une position où quelques avis ne vous nuiroient pas : agréés les miens de grace ; c'est descendre, je l'avoüe, mais cela vous coutera moins qu'à un autre. Avant tout, comme il me convient de craindre votre plume, trouvez bon que je prenne mes sûretés : j'éxige de vous, même engagement que celui que le Comte dans votre Pièce, demande au Marquis ; en lisant ces réflexions, *promettez-moi que vous serez maître du premier mouvement, jurez le moi de plus.*

Voilà ce que je dis à M. Destouches : si c'est m'ériger en conseiller, je me trouve un droit acquis & facile à déduire ; la Piéce est donnée au Public, j'en fais partie, elle a besoin d'être critiquée, & pour cela les yeux du vulgaire valent souvent mieux que ceux des Sçavans : & moi sans trop me flatter, j'en sçais autant que la servante de Moliere. D'ailleurs, ami respectueux de M. Destouches sans avoir le bonheur de le fréquenter, je m'élance, je vole à son secours ; & pour son honneur j'entreprens de le critiquer. Tu vois si j'invoque la passion : est-ce là écrire servilement sous sa dictée ?

Sûr de la modération de M. Destouches & de sa retenüe, je n'hésite point à faire passer ici en revüe les endroits qui m'ont parû repréhensibles dans son dernier ouvrage ; mais ma première tentation avant de relever les défauts dont j'ai à te rendre compte , est de chanter les beautés.

Ecrite sans gêne, sans affectation , tantôt noble , tantôt spirituelle , sa Pièce , quant à la Poësie, comporte bien son titre. Un stile par tout égal , velouté , coulant , en fait la *Force du Naturel.* Que de dignité , de décence dans des portraits , de saillant , de vif , de simple dans d'autres ! Que certains caracteres y sont développés , finis , limés ! C'est le triomphe de la naïveté : elle se fait préferer au pompeux coloris de ces derniers ouvrages, inhumés presqu'à l'instant de leur naissance. Beautés analysées , brillans imperceptibles , rare œconomie , voilà ce que l'illustre Auteur perpétüe dans ses ouvrages. De ce côtéci , son enfant nouveau né peut figurer avantageusement dans sa famille : reste à sçavoir si on lui passera longtems les taches qu'on lui remarque , & qui l'empêcheront sans doute d'être confondu avec ses frères. Monstrueux , informé ; quant au fiftême, il fera parmi eux comme Efope au milieu des deux beaux Efclaves expofés au marché de Samos : s'il fait fortune, ce ne fera que par la fingularité de fa figure , & parce qu'il dit de bonnes chofes ; mais malheureufement le Public ne s'eft pas énoncé à fa vüe , par le creux de la main. D'après cet accueil je n'ofe prononcer fa bonne avanture , je vais te mettre à même de la dire ; tu lui ferviras de Bohèmienne.

Je donnerai toute mon attention au principe fur lequel M. Deftouches a travaillé. Tout fiftême nouveau mérite d'être approfondi ; d'être adopté, s'il eft bon, d'être refuté s'il eft captieux & peu raifonnable. Je rangerois celui-ci dans cette dernière claffe , fi je décidois fur mes propres objections. J'en appelle à tes lumières, *fede judex inter nos.*

Je dirai en général de la Pièce qu'elle m'a parû d'abord un diamant fin , par le poli, le jeu , l'eau que je lui trouvois, & qui n'étoient que trop capables d'en impofer : qu'à l'examen la pierre a perdû tout fon prix, que j'ai bientôt reconnû qu'elle étoit louche , fauffe , mais artiftement montée. Courir chez le lapidaire pour m'énoncer du prix & de la nature du diamant : accorder au metteur en oeuvre ce qu'il voudra pour fa façon , c'eft tout ce que je dois faire. Quoi ! Parce qu'on me préfentera de l'abfinthe dans une

Coupe d'or , je dois l'avaler ? Non ; non ; répandre la liqueur , épurer , conferver la coupe, voilà le parti raifonnable. Tu me trouves toujours le même : tu vois que mon affection pour le vrai ne diminüe pas. Rappelle-toi le noir que me répandit dans l'humeur ce tableau que nous éxaminions chez M. le Comte De . . . Cette Porcie, peinte d'un air galand & badin , tenant dans fes doigts un charbon ardent ; cette Scévola femelle eut le fecret de me déplaire : tu t'en apperçus par l'accueil froid que je fis au divin coloris du Peintre. J'ai malheureufement adopté le principe de Quintilien , *intueri naturam & fequi* ; je ne puis m'en éloigner : auffi tu peux t'attendre à me voir quelque beau matin faire main baffe fur les endroits choquans de bien des Auteurs. Tu penfes que je n'épargnerai pas ce Poëte Italien , qui pour peindre la beauté d'un fleuve, dit qu'il y avoit même du plaifir à périr dans fes eaux : un inftant de ma mauvaife humeur pourra auffi fort bien couter cher à Ovide ; je lui apprendrai à fe renfermer dans la nature, nous verrons s'il y a puifé le portrait de ce joüeur de Lyre qui bleffé à mort, touche toujours les cordes de fon inftrument, & meurt fans diftraction.

> *Digitis morientibus ille retentat*
> *Fila lyræ. . . . . . .*

A v

Remarque-tu comme il sauve à ce pauvre misérable les horreurs de la mort ; comme il l'achemine gaiement au Ténare ? Il est permis d'embellir la nature, de la parer ; mais lui donner des attraits forcés, c'est en faire une coquette, c'est bannir la simplicité, la décence, ses compagnes favorites. Le carmin, les ponpons sont-ils faits pour la tête des Vestales ?

Je ne prétends pas insinuer que M. Destouches soit aussi absurde, aussi nouveau dans ses propositions : je suis même choqué que personne n'ait entrepris encore de dresser une critique de *la Force du Naturel*. Pourquoi ce silence profond ? Met-on cette Piéce au numero de ces morceaux énormes qui exposés peu de tems au Théâtre, n'y sont pour ainsi dire, qu'acte de comparution, & qui ne convenant à personne, passent debout, & tout emballés ? Non. Ce n'est pas là le sort réservé à un ouvrage qui présente de si bonnes choses ; mais je m'apperçois que je m'arrête trop sur les objets que je rencontre : il est tems d'avancer chemin.

M. Destouches a recours à un échange pour nous peindre la force du naturel : il le suppose heureux dans une fille de condition qu'il masque sous l'habit de paysanne, & n'assigne à la paysanne crüe fille de condition, & à laquelle il fait donner une éducation convenable à ce rang, que des inclinations baffes, & les difpofitions les moins propres à mettre à profit les foins que l'on prend d'elle. C'eft je crois donner à entendre que dans quelqu'état que foit une perfonne, il n'eft pas en elle de déroger aux bonnes ou mauvaifes qualités de fa race; qu'à coup fûr elle la repréfentera, qu'enfin, comme il le dit lui-même.

Il faut être Babet, quand on n'eft pas Julie.

Quel heureux préjugé pour les Nobles? Je ne m'étonne pas fi l'on en fait des demi-Dieux? Voyons où cela porte. Le premier Noble fut un Pafteur couronné, un chef de parti, qui montra plus d'intelligence, de fermeté, d'efprit ou de courage que ceux qui le mirent à leur tête. Il faut donc croire comme un article de foi, d'après M. Deftouches, que les qualités éminentes de ces premiers de Tiges ont paffé fans altération & comme par fucceffion de père en fils, jufqu'à leurs derniers hoirs, ainfi que le nom, les titres & l'appanage? Que ces qualités une fois reconnües dans l'un, font garanties & avoüées pour toute fa pofterité. Qu'elles ont réfidé néceffairement & fans difcontinuité dans tous fes ancêtres, & que la nature ailleurs fi variée, s'eft lié les mains, fe les liera conftament à jamais en leur faveur, & pour ne rien faire que d'analogue à ces qualités permanentes: que le fils d'un honnête homme ne peut jamais être un fripon, que celui d'un homme d'esprit ne sera jamais un sot, qu'un grand qui transmet à son fils le sang, les biens, les titres, lui assure par là son courage, son œconomie, son éclat.

Qu'elle est dangereuse, qu'elle tire à conséquence cette proposition ! Si la vérité l'avoüe, Mon Cher Ami, je suis bien éloigné de sçavoir ce que c'est que le naturel. Du père au fils, & de celui-ci à son frère, il n'y auroit donc aucune différence ? Par ma foi j'ai beau me piquer de complaisance, je ne puis me fourer cela dans la tête : pour ne pas décider d'après moi-même, j'entreprends de feuilleter tous les mortels : je vais plus loin. Comme l'Intimé dans les Plaideurs, je parcours les tems qui précéderent même la naissance du monde : je suis forcé de passer au déluge ; pour lors je vois (& j'aurai bien-tôt vû) dès les premiers hommes, le prix du systême en question. Quelle différence de Caïn à Abel: l'un innocent & juste, l'autre jaloux & furieux. De Caïn & de Seth, troisiéme fils, de Noé, sortent les deux premières tiges: elles sont déja si différentes, qu'on appelle l'une les enfans de Dieu, l'autre, ceux des hommes par opposition. Cela me fait faire une réflexion en passant. Nous sommes sûrement fortis de cette dernière tige , nous autres pauvres roturiers fi mal traités chez M. Deftouches; & les nobles en qui il fixe les fentimens & les vertus, font apparemment ces enfans de Dieu : il y a tout lieu de le croire. Je les vois comblés de bénédictions , couverts de la rofée du Ciel , mangeant le miel de la Terre promife. .... Mais continuons. Quelle différence de Jacob à Efaü ? de Jofeph à fes frères ? d'Onias à Jafon ? J'ai beau préfenter à ces tiges le nouveau fyftême , il ne peut fe foutenir à la comparaifon. M. Nericault n'auroit donc pas bien déterminé la force du naturel ?

Voyons , chemin faifant , s'il a eû en vüe dans fa Pièce, l'épurement des mœurs : fi les ridicules qu'il a femés dans fon ouvrage, en défigurant le vice , embelliffent la vertu ; s'il l'a rendüe effentielle , raifonnable : car les vices font un fond d'Etat, l'œconomie à qui on en confie le maniment , les doit faire tourner au bien général. Hors cela c'eft un diffipateur ; enfin fur cette dépenfe il n'eft point de tréforier fans rendre compte : on épluche la geftion à livres, fols & deniers , & le fol emploi fe trouve féverement puni.

Le but moral de M. Deftouches a-t-il été d'infpirer le mépris du luxe, de l'etiquette , des grandeurs ? de faire renaître l'âge d'or ? Mais comment nous forcer à cultiver la vertu, s'il est décidé qu'elle se perpétue dans des familles, qu'un pere la donne à son fils par avancement d'hoirie ? Il est inutile de s'efforcer à l'acquisition des vertus qui ne peuvent nous manquer ; attendons-les avec confiance, si en jettant les yeux derriere nous, nous les appercevons dans quelqu'un de nos ayeux : pourquoi faire des avances vers elles, s'il est décidé qu'elles doivent nous venir trouver ? Pour établir incontestablement qu'on est vertueux, il ne sera plus besoin de cette conduite irréprochable, de ces preuves tirées de l'humanité, de ces triomphes marqués sur soi-même, &c. on n'aura qu'à se nommer, si notre nom est sinonime à vertu, le pauvre Seneque conviendra qu'il étoit dans le délire, ou tout au moins qu'il avoit la migraine ou des vapeurs quand il nous a dit :

Qui genus jactat suum aliena jactat.

Il faudra faire relancer aux Elisées, le sévere raisonneur du dernier siecle ; lui prouver l'inconséquence de ses vers, en faire biffer publiquement les maximes comme fausses & erronées.

Mais la posterité d'Alfane & de Bayard
Quand ce n'est qu'une rosse est vendue au hazard.

Et d'un tronc fort illustre une branche pourie, &c.

Quel plaisir d'apostropher ce M. de la Mothe ! de le traiter de frénétique , lui qui nous berça de ce passage ,

> Le sang s'altere & se répare ;
> Ainsi Castor né de Pindare ,
> Prit place entre les immortels ?
> Ainsi le hideux Polipheme ;
> Fils indigne d'un Dieu qui l'aime ,
> N'a pû partager ses autels !

Mais si par hazard M. Destouches avoit pris le change , (& qui peut être exemt de donner à gauche, *errare humanum est !*) Si mille exemples pris dans la société renversoient un syftême qui dépare la solidité des autres Poëmes de M. Destouches, & qui répugne au bon sens dont il a fait tant de preuves , quel honneur pour l'Auteur né honnête homme , de convenir qu'il a pû ne pas faire assez d'attention au principe qu'il prétendoit faire germer chez nous ! Que de gloire pour moi de lui fournir l'inftant de facrifier à l'utilité publique & à la connoissance du vrai ,

Ce fruit des préjugés , mais non pas de son Cœur ?!

Que d'avantages encore pour moi, d'arrêter une fausse monnoie qui ne doit avoir aucun cours. Mais tu t'éleves en ce moment contre moi ? & pourquoi ? *Il n'est pas aisé,* dis-tu, *de se dédire d'un sentiment avancé & soutenu publiquement ?* à cela ne tienne : que M. Nericault chante tout haut la palinodie sans crainte ; je réponds sur ma tête de la disposition du Public : on sçaura trouver un biais pour ne le point trop mortifier, & moi-même en le grondant, je m'apprête à lui faciliter un faux-fuyant. Je me servirai vis-à-vis de lui des paroles de ce Prélat, qui annonça à Gregoire Léti, à Londres, que son Livre (il Teatro Brittanico) qui étoit entre les mains du Roi d'Angleterre, n'avoit pas fait fortune pour cela : *Signor Grégorio voi avete fato l'Historia per altri è non per voi è devovete farla per voi e non per altri :* Quel mal, quand on diroit de M. Nericault ce qui s'est dit d'Homere :

Aliquando bonus dormitat Homerus ?

Du moins nous ne serions plus forcés à croire que ce naturel heureux qui nous incline à la vertu, est un présent de nos Peres ; que nous le devons plus à eux qu'à la nature ; que le hazard nous ayant fait naître de tiges illustres, nous sommes nécessairement dottés des vertus & des qualités propres à soutenir & à illustrer même de plus en plus un nom fameux. Ainsi dans Caton, dans Scipion, dans Paul-Emile, nous ne célébrerions qu'eux seuls,

& nous serions bien éloignés de croire que leurs ayeux eussent quelques prétentions sur les honneurs dont on les a comblés. Ainsi la Couronne triomphale ou civique dont nous récompensons ceux qui ont bien mérité de la Patrie, sera dûe entierement aux grands hommes que nous en décorons; & leurs peres, quelqu'illustres, quelque vertueux qu'ils ayent été, n'en prétendront aucune fleur, pas même une feuille. Ils se contenteront de l'éclat dont on les aura vû briller au siecle où ils vivoient, & n'auront rien à démêler avec leurs descendans : si ceux-ci, quand ils sont souillés des crimes & des excès les plus atroces, se flétrissent eux seuls, & ne peuvent pour cela ôter rien à l'idée que nous avons conçüe de leurs ancêtres, de même les ancêtres n'ont rien à exiger quand leurs descendans s'illustrent. Encore une visite chez M. de la Mothe pour nous éclaircir à ce sujet, & passons condamnation quand il dit :

> Hé que fait à ce que nous sommes,
> Ce que nos Peres ont été.

Mais voyons ce que c'est que le naturel. C'est un germe qui se trouve en nous dès l'instant de la naissance, & qui donne avec le tems des productions tantôt exquises, tantôt ameres, ou tantôt des fruits aigres-doux, qui tiennent de differens genres. C'est un éguillon que l'on peut parvenir à maîtriser ; mais qui ne s'émousse jamais. C'est une pente qui nous porte rapidement vers l'objet analogue à la disposition de nos organes. C'est, si l'on veut, un lot plus ou moins favorable que la nature nous adjuge en nous formant.

Suivant cette dernière idée, il n'est pas difficile de faire divorce avec le système de M. Destouches, il établit trop d'uniformité dans une suite de descendans : c'est contraindre la nature, qui souvent ne met pas plus de ressemblance entre le naturel du pere & celui du fils, qu'ils n'en ont par le rapport des visages, & qui moins asservie aux regles de la symétrie, crée rarement deux personnes par comparaison : variée sans cesse, libre dans ses operations, elle les dispose à son choix ; avec équité pourtant. A l'un elle verse ses dons d'une façon, à l'autre différemment. A celui-ci elle orne & apprécie les dehors, à celui-là elle perfectionne l'intérieur, &c.

Pardonne, mon cher ami, cette définition un peu longue. M. Destouches me force à raisonner ici. Je craindrois de lui faire repeter à mon sujet ce qu'il dit (Mercure d'Octobre 1742.) au sujet d'un inconséquent :

> Je tance un goût faux, insipide,
> Qui n'ayant que l'esprit pour guide,
> Sans consulter le Jugement,
> Galoppe sans mords & sans bride.

Loin de ce vrai, fimple & charmant
Sur qui la nature préfide.

C'eft ce vrai fimple & charmant que je cherche pour combattre l'Auteur qui m'inftruifit tant de fois : pourquoi la réputation des ayeux eft-elle un poids fi accablant, & quelquefois même infuportable ? C'eft que les defcendans n'ont fouvent ni le naturel, ni les qualités qui ont fait marcher leurs ancêtres fi rapidement dans le chemin de la gloire. Pourquoi tant de familles deshonorées, tant de places où la furvivance n'a pas lieu ? tant de grands noms ternis ? tant d'égards, tant de faveurs perdus ? C'eft que l'heureux fyftême de M. Nericault n'eft qu'imaginaire. Tout Auteur du Glorieux qu'il eft, je préfume affez de fa modeftie pour croire que prudent Pigmalion, il n'adorera pas cette dernière ftatue : je conviens que fon cifeau l'a prefqu'animée, que l'œil & l'efprit en font très-fatisfaits; mais la raifon a quelque chofe à défirer : cette ftatue feroit vivante, elle eft affez belle pour cela ; mais n'ayant point d'ame, comment cela fe peut-il faire ? la vrai-femblance ne permet pas de l'efperer.

Ne ries-tu pas de me voir fi long-tems fur la fcêne avec mon brave Athléte ? hé quoi ? s'il s'en offençoit, il n'a qu'à penfer combattre contre une femme. Madame Dacier, dans fa défenfe d'Homere, a bien eu affaire *à la Sa-*

ciété ! Quel crime d'ailleurs peut-on me faire
si je parois aujourd'hui la lance à la main ?
Avant de combattre, je m'incline devant un
antagoniste que j'honore, je le chante, je le
couronne de fleurs : me trouvera-t-on plus
acharné à le critiquer, que porté à le célé-
brer ? dira-t-on que je ne cherche qu'à m'é-
gayer ? si mon respect ne dominoit pas sur tout
ce que je dis, mon cher ami, je t'eusse allarmé
par un refus, je t'eusse arrêté tout court par
ce passage de Ciceron :

*Hæc igitur prima lex in amicitiâ sanciatur ; ut neque
Rogemus res turpes, nec faciamus rogati.*

Après tout, quand j'enleverois à M. Nericault l'honneur d'un principe, la conséquence d'une proposition, quel tort lui ferois-je ?
c'est ôter un écu à un Fermier Général, une
fleur à un vallon émaillé, au Tibre une goute
d'eau.

J'ai combattu jusqu'à présent sur des rai-
sons, il faut les appuyer d'un fait qui s'est re-
nouvellé sûrement plus d'une fois autour de
nous : c'est une anecdote que tu verras quelque
jour dans l'Histoire générale de mes voyages,
Lorsque j'étois en Allemagne, françois dé-
sœuvré, je rêvois à l'Angloise. Le moyen
d'échapper aux réflexions quand on ne s'est
pas encore ménagé une ressource contre l'en-

nui ? Le fils d'un Baron Allemand chez lequel j'allois fort souvent, va faire broncher le syftême que je combats : riche héritier d'un grand nom & de plus grands biens encore, il recevoit l'éducation convenable à fon rang : plus d'un Mentor formoit ce Télémaque ; enfin tout ce qu'il y avoit d'habiles gens en tout genre, venoient affidûment gagner chez lui le cachet. Ce Seigneur avoit un jeune domeftique à peu près de fon âge, qui, né curieux & penché par goût vers les chofes dont on inftruifoit fon Maître, mettoit à profit un argent qui ne fe débourçoit pas pour lui. Que d'avantages réünis on entrevoyoit en ce fujet ! les Maîtres trouvoient chez lui les principes qu'ils étoient obligés de jetter chez le jeune Seigneur : une figure prévenante, une façon naïve & raifonnable de s'énoncer, difpofoît tout en faveur de Dubois (c'eft à quoi revient fon nom en Allemand.) On avoit des ménagemens pour Dubois dont il ne fçavoit jamais fe prévaloir ; il s'étoit compofé, au cœur de l'Allemagne, un air fi doux, des dehors fi polis, que du Maître au Valet il y avoit une difference fenfible, & que l'habit de livrée ne fembloit point du tout en fa place. L'un devoit aux biens, à l'étiquette, au rang, la confidération que l'autre dans fon état ne devoit qu'à lui-même. L'un regardoit l'édu-cation qu'on lui donnoit, comme un châtiment impofé, l'autre y trouvoit un plaifir uti-le, alloit au-devant d'elle, fe familiarifoit avec les Arts, en gravoit l'amour profondé-ment chez lui. Malgré les foins que l'on pre-noit pour former l'un, il déperiffoit : arts, vertus, tout gliffoit fur fon efprit & fur fon cœur; l'autre au contraire, au développe-ment d'une figure aimable, brillantée à plaifir par la nature, joignoit celui de l'efprit par des connoiffances folides, puifées fans frais, iné-façables, & fe formoit un cœur que la vertu avoit marqué à fon coin. Sur l'examen que j'en ai fait, il étoit capable des plus grands procédés. Dubois étoit le *Pius Æneas* de fa famille, & fur tout à l'égard de fon père, qui pauvre petit Cordonnier, fans prefqu'aucun ouvrage, s'aidoit de ce que fon fils lui donnoit.

Voilà pourtant un Roturier, très-Roturier, qui pour appanage a des vertus: crois-tu qu'il ne foit pas noble à mes yeux ? ne merite-t-il pas de l'être ? le fyftême de M. Deftouches, cloche paffablement dans cet endroit : com-ment l'interpreter ? fi les vertus font confinées chez les nobles, ont-elles pu fe tromper de numero ? par quelle heureufe tranfmigration font-elles logées chez un Valet: elles feroient bien bourgeoifes ces vertus-là ! A moins qu'elles n'ayent été forcées de déroger par quelque cataftrophe dûe au hazard. Tu verras qu'il y a eu quelque peu de tricherie dans la conduite de la mère Dubois. Surement quelque Mousquetaire ou quelqu'autre Officier en garnison dans l'endroit où j'étois, ou bien (ce qui eft plus vrai-femblable) quelqu'Acteur auffi féduifant, plus fecret, plus commode, un Abbé *de bonne Maifon*, par exemple, aura courtifé Madame Dubois, & fans doute le mari raifonnable, François à cet égard, bien convaincu d'ailleurs du fens de ce proverbe, *ne futor ultrà Crepidam*, aura fermé les yeux à propos.... Mais je fais trop de cas de Dubois, pour lui fuppofer une naiffance auffi équivoque : non, non, fa vertu, fes talens font des dons que la nature a pris plaifir à verfer fur lui. J'aurois mauvaife grace d'en douter. Les nobles ont-ils plus de fûreté que nous, pour fçavoir au jufte fi le nom qu'ils portent leur appartient ? tant de Généalogies falfifiées, tant d'enfans échangés, quelques femmes galantes, en voilà plus qu'il n'en faut pour faire pouffer des branches de fauvageon fur l'arbre le mieux greffé du monde : en outre, eft-il fi difficile..... mais le papier me manque, ainfi je te renvoye à toi-même : dis-toi ce que j'ai obmis, & tout bien pefé, tu verras que M. Deftouches ne tardera pas à fe faire Profélyte dans notre croyance : elle eft appuyée fur la vérité, l'ufage, la vrai-femblance. Peut-elle être mieux étayée ?

Je vais te servir pour dernier plat, une ma-
xime que je ferai paffer à M. Deftouches.

L'on doit fe taire fur les Puiffans : il y a
prefque toujours de la flatterie à en dire du
bien : il y a du péril à en dire du mal pendant
qu'ils vivent, & de la lâcheté quand ils font
morts.